KB196204

구름을 토닥이는 시간

구름을 토닥이는 시간

손애정 시집

인쇄일 | 2024년 09월 27일
발행일 | 2024년 09월 30일

지은이 | 손애정
펴낸이 | 김영빈
펴낸곳 | 도서출판 시아북(詩芽Book)

출판등록 | 2018년 3월 30일
주소 | 대전광역시 동구 선화로214번길 21(3F)
전화 | (042) 254-99665
팩스 | (042) 221-3545
E-mail | siab9966@daum.net

값 12,000원

ISBN 979-11-94392-00-2(03810)

* 이 책은 아산문화재단에서 사업비를 지원 받아 발간되었습니다.

구름을 토닥이는 시간

손애정 시집

시인의 말

세상을 살면서 만나게 되는 구름.

그냥 지나가는 구름, 소나기를 몰고 오는 먹구름, 긴 시간 머무르면서 오랫동안 비를 몰고 왔던 구름들

시를 쓰고 나니 보였다. 내 안에 오래도록 머물러 있던 구름이 조금씩 걷히고 있음을.

『구름을 토닥이는 시간』은 시를 쓰기 시작한 이후 내놓는 첫 개인 시집이다. 그렇기에 마음의 갈피 안에 잠자고 있던 아픔과 그리움들이 많이 드러나 있다.

詩로 내디딘 첫발자국은 아쉬움이 있더라도 무리하게 다듬으려 하지 않았다. 혹시 첫 마음이 윤색되지 않을까 걱정이 되어서다.

2024년 9월

손애정

시집 발간을 축하하며

"생애의 과정에서 피어나는 고뇌의 산물"

시는 생애의 과정에서 피어나는 고뇌의 산물입니다. 끈기로 성실하게 생애의 과정을 한눈팔지 않고 걸어가는 사람이라야 시다운 시를 빚을 수 있고, 그 피나는 족적이 쌓여 한 권의 시집으로 탄생 됩니다.

손애정 시인은 조용한 분입니다. 조용히 생의 과정을 조신히 걸으니까 시의 꽃이 피어났고 그 열매가 시집이 되어 양지에 피어납니다.

김용오 시인은 그의 저서 『김용오 시인의 시에 관한 에피그램』에서 '시를 쓰는 데 대단한 이유라도 있는 듯 왁자지껄 지껄이는 시인보다는 아무런 이유도 없이 그저 시가 좋아서 시를 쓴다는 듯 말없이 돌아서 가는 시인의 뒷모습이 훨씬 고귀하고 아름답게 느껴질 때가 많다'고 했습니다. 손애정 시인을 두고 한 말 같습니다.

자아 반성과 사람됨의 과정을 보여주는 〈마음 다스리기〉, 신병에 대한 너그러운 이성적 자세를 보인 〈두드러기〉, 자신의 주변을 돌아보며 반성하는 - 인간은 그런 시간에 성장한다를 노래한 〈부끄러움〉, 등산하면서 생각하기, 시 쓰기의 어려움을 빗댄 〈희망사항〉, 가시 식물에서 어머니 마음을 읽은 〈선인장〉 등에서 손애정 시인의 인간 됨을 읽을 수 있습니다.

손애정 시인의 시집이 세상에 나와 햇빛 보게 됨을 축하합니다.

2024년 9월

이내무

■ 차례

2부
생의 한가운데

3부
널 만나기 위해

4부

존재의 기억

5부
또 다른 흔적

1부

봄을 만나다

봄밤

두툼한 코트로 매달려 있고
홑겹 바람막이로 마주하고 있는
삼월 초

누군가는 백열등으로
누군가는 형광등으로
노래하는 달의 바다

춥지 않다며
한 겹 덜 입은 딸과
함께 걷는 길

끝 추위를 녹여주는
고단한 날갯짓을 토닥여주는
따뜻한 눈빛이 얹어지는
이른 봄밤

희망

봉인된 판도라 상자 속
온갖 재앙들이 나락에 떨어진
정신을 지배할 때
실낱같은 희망
심장을 휘감는다

로드킬 당한 사체
숨 막히게 피어나는 지열
보이지 않을 것만 같던
불구덩이의 끝
새벽녘
한 가닥 날 선 바람
긴 여름 잠재운다

보이지 않는 출구
숨 가쁜 터널 안
깊은 한숨 넘어
희미한 빛줄기
내일을 꿈꾸게 한다

공생共生

배방산 떡갈나무 기둥
시멘트 가루도 아니고
회녹색 물감도 아닌 것이
군데군데 번져있는
낯선 이름 지의류

그리고
나무 골을 따라
잔디처럼 덮여 있는
사자 이끼

제 몸 내어준 나무도
몸집 늘려가는 그들도
밀어내지 않는다
해하지 않는다

따가운 햇볕에도
매서운 추위에도
막아주고 녹여주고

보듬고 견디면서
내일을 꿈꾼다

변산바람꽃

바람이 눈비로 으르렁거려
못 만나게 했던
변산 바람꽃을 만나고 싶었다

밤새 내린 비
옥상 풍량계의 빠른 속도
수철리 느진목 골*에 들어서니 고요하다

연보랏빛 둥근털제비꽃
노란 순 움튼 생강나무
골짜기 문을 열고
며칠만 지났어도 못 만났을
꿩의 바람꽃, 만주바람꽃, 변산바람꽃, 현호색 노루귀
물빛 쪽빛 귀한 몸
정신없이 허리 굽히고
무릎 바싹 당겨 담는다

살아내느라 상처 난 마음
수철리 봄 향으로

쉴 새 없이 헹궈낸다

* 충남 아산시 수철리 계곡 느진목 골

광덕산 가는 길 – 576봉

각흘고개에서 광덕산 정상까지 7.7km

꼭 완주하겠다고
되돌아 나오지 않겠다고
공주 방향 첫차를 타고 오른 산행

아이러니하게도
쉬운 산행의 기대는
생각지 못한 복병으로 꺾였다

출몰 가능성의 멧돼지
갑작스러운 기상이변도 아닌
완만한 코스에서 오는
가도 가도 제자리인 듯
비슷한 풍광

능선의 아름다움을
둘러보고 느껴볼 여유는
점점 사라지고
그만큼 피어나는

마음속 다툼

힘없는 발걸음이
극대화되었을 때 도달한 지점
각흘고개에서 4.4km
광덕산 정상까지는 3.3km
왔던 길보다
더 짧아진 이정표

포기하고 싶은
마음속 딴지를 잠재우던
광덕산 정상 완주의 터닝포인트
광덕산 가는 길 576봉!

처절하게

시간의 기억으로 찾아온 따스한 햇볕
질투에 눈먼 바람에게 밀려나고
다시 겨울이 비집고 들어왔을 때
애써 외면하려 했던
예정된 주검과 맞닥트렸다

순백색 고고함으로 무장된 유전자
험한 일은 겪어 보지 않았을
누군가의 보살핌만 받고 살았을
힘에 부치면 견디지 못할 족속인
네가 간밤 비바람에 떠난 이유였다

널브러져 있는 그 모습에서 알았다
떠나는 방식을 제대로 알지 못했다는 걸
바람이 내키는 대로 휘저어 놓은 시간
누구보다 처절하게 마주했다는 걸

부메랑 되어 날아온
뒤집힌 삶의 방식에
필사적으로 버티고 있다는걸

치명적인 흔적

산 오르막에
이파리가 제법 있는
연한 때죽나무

커다랗게 파인 흔적
기이한 생존
그 고통
어떻게 견뎠을까

꿈틀대던 하늘소 애벌레가
하나둘 줄어드는
시원함이었을까
굴착기 같은 딱따구리에게
제 살 내어주는
어미의 마음이었을까

달아나는 봄

목련이
진달래가
개나리가
내기하듯
지나간다

지난해 신정호 산책로
잔잔한 달빛 아래
흐르던 노랫소리
아직도 선한데

영인 고룡사 아래
달래랑 쑥이랑 씀바귀
사이 오가던 지우
모습도 아련한데

이기적인 입씨름에
매몰찬 눈빛에
흔들리며 아파하는 사이

아까운 봄이
저만치
달아나고 있다

봄볕

이상하다

비 온 적 없었는데
땅 여기저기가
질척하다

가만 보니
볕 드는 곳이
눈에 띄게
더 질척해 보인다

남산 갓바위
다다를 즈음
또렷해졌다

엄동설한 매서운
바람 막아보려
꼭 보듬어 온 것들이
이제야
서로를 놓았다는 걸

뜨거운 만남

처음엔
하나였으나
둘이 된
한 민족 자매들
평창에서
하나 되었다

준비 없는 시한부 가족이란
온갖 독설들 뒤로
불안한 기쁨
진한 아쉬움
토해내던 시간

다시
둘이 되던 날
그들에게선
강이 흐르고
내일을 꿈꾸게 할
바다가 보였다.

머리로만 그리다

잿빛 하늘이 파랗게 보이면
일상에 틈이 보인다
스크린 속 세상과
차 한 잔 수다로는
채워지지 않는 허기

머리를 헤집고
천천히 그린다
서쪽 맑은 바다로 열흘만
아래 큰 섬나라로 닷새만
아니
눈이 많다는 그곳으로 이틀만

이제 막
사회 첫발 내디딘 얼굴
아픈 치아로 고생하는
또 다른 얼굴

오늘도
머리로만 그리다

가슴 한 귀퉁이에서
잠재운다

영인산의 봄

시간을 기억한
비 한 자락
생기 품은 연초록
영인 산야 물들인다

진달래 개나리가
벚나무, 조팝나무
상투 봉, 깃대봉 넘나들며
앞다투어 지나가고

순간을 놓칠세라
봄볕 한가득 짊어지고
소문난 철쭉 영인산에서
일상의 나른함 달래본다

선인장

자줏빛 꽃망울을 품으면서
단단하던 줄기에
힘이 없다

몰랐구나
제 살 다 내어주고 싶은
마음 가진 그대도
어미인 것을

해맞이

뿌연 장막 뒤에서
한껏 애를 태우다
드디어
주홍빛 웅장함으로
모두를 멀게 한다

볼 수 있을까
타는 마음
일 순간
터져 나오는 탄성

순간을 놓칠세라
두 손 모아 달려가는
해맞이 온 이들의
가슴속 염원

마량리 하늘 위로
쏜살같이 질주하는
아들과 내 손의 풍선도
마음속 바람 담은 주문도

딸의 컬러링

‘3’을 꾹 누른다
낯익은 팝송이 흘러나오는 순간
찡하고 핑그르르 맺혀지는 눈물
한참을 울려도 나오지 않는 목소리
핸드폰을 두고 갔는지
진동인 탓에 못 듣는지
순간 튀어나오는 서운함

미카의 노래
제목이 뭐였더라
머릿속을 들춰보다 포기한다
아무거면 어떠랴
흘러나오는 팝송에
지나가는 고단한 하루

희망 사항

자는 동안
살금살금 뚝딱뚝딱
맛난 밥상 가득 차려놓고
그 흔적 감추는
우렁각시 있었으면

자는 동안
겹겹이 내 머릿속
구석구석 헤집고
굽이굽이 마음속
샅샅이 살펴서
마음에 와닿는
시詩 써놓고
그 흔적 감추는
글 각시 있었으면

2부

생의 한가운데

달의 고양이

달이 없는 오늘
그 아이에게선
경계의 눈빛이 맴돈다

내 손길 대신 내어준
생선을 먹고
경계하기 좋은
커튼 뒤에 숨어서
버틴다

바람 소리
시계 초침도
그 아이의 뾰족함을
이길 수 없다

덜거덕거리는 소리
침 삼키는 소리
목 안으로 꾹 밀어 넣는데
숨기지 못하는
불규칙한 숨소리

방 안 가득 맴도는
달을 향한
하염없는 기다림

정해져 있는 게임처럼
늘 어긋나는
친밀도의 기대
오늘도
배회 중인 제자리

그 팽팽함 버티지 못하고
또다시
도망쳐 나온다

달리는 일상

밥 안칠 때 얹으려고
삶아 불렸던 검은콩
절반이나 남았는데
끈적끈적 미끌미끌
발효는 같지만
청국장은 아닌 냄새

손길을 기다리던
오징어 두 마리
무심코 발견된
불편한 자줏빛
냉장고 강제 탈출 시점

싱크대로 가져가
물로 닦아내고
큼큼한가 쿰쿰한가
살릴 수가 없구나
망설임이 필요 없다

냉장고에 들어온 지
얼마 안 된 비닐봉지 속
신문지를 헤치고 발견한
가지런한 부추 단

언제 먹을 수 있을까
기다리는 마음 엿보여
어머님, 녹두 있을까요
빈대떡으로 펼쳐낸다

이번엔 살려냈다
다행이다
면죄부를 받은 듯
밀려드는 안도감

쌍화차가 사라질 즈음

땅의 달콤함은
톨스토이의 파홈
이 땅의 아버지들에게
욕망의 뚜껑을 열게 했다

새벽녘 닭 울음
시계 삼아
한낮 뜨겁게 달구어진
들판을 마당 삼아
허리 펼 새 없이 닳도록
시간을 부리고 쌓아서 만든 농토

천안역 근처 오래된 다방에서
달걀노른자 띄워진 쌍화차가
줄어들다 사라질 즈음
터전을 바꾸면서도
내놓지 않았던 시아버지의 땅은
다른 이의 희망으로 옮겨갔다

대신할 수 없었다
겉으로 보이는 웃음 저편의
쓰라리고 아리는 그 허전함
끝없이 번져가고 부풀어서
넘실거리는 온갖 상념들

더러는 낮별처럼
더러는 그림자처럼
있을 뿐

데드라인

책상을 창에서 끌어당겼다
그 사이에 의자를 두니
등지게 되는 빛

앞 동의 옥상
그 위 뿌연 하늘
산꼭대기만 보이던 남산
걸쳐있는 구름도
보이지 않는다

공간을 떠돌던 미세한 입자들
어둠 안으로 숨어들었고
세워지고 고쳐지고 버려졌던 이야기
다시 배회하며 기웃거렸다

허리의 등받이가 버티지 못해
아픔이 느껴지면
계단 위로 올라가
누울 곳을 찾아야 할 텐데

그 전에
뾰족뾰족 성나 있는
그들의 숨소리를
잦아들게 해야 할 텐데
그래야 내 우울한 숨이
개운하게 춤출 텐데

마음 다스리기

바람이 할퀴고 간
휘어진 나무는
묶어주거나 가지치기로
방향을 잡는다지

아직도 가슴 한쪽이
아릴 정도로 굳지 않은
켜켜이 내려앉은 감정
어떻게 다듬고 다스려야
잡힐 수 있을까

휘어진 나무를
곧게 세우는 방법으로
마음속 옹이
다스릴 수 있을까

두드러기

처음엔
입 언저리부터 시작됐다
이유를 몰라
우왕좌왕할 즈음
얼굴 전체로
하나둘 손을 뻗었다

미워할 수 없게
친절한 그는
지나간 자리에
좁쌀만 한 알갱이들을 선물했다

그리곤 속삭였다
"네가 좋아하는 것들을 놔줘야 해"

섬

소담스러운 밥 한 끼
꼰대 라떼 되어
소리가 갈라질 때까지
날아오르던 소풍 같은 시간

마음 맞는 동무와
시시한 이야기
서로를 보듬는 이야기
차향 시향에 젖어
새로운 칩으로 갈아 끼우는
반짝이던 시간

막히고 멈춰진
그 실핏줄 같은 일상

숨이 턱 막히도록
단계별 거리 두기에
밀려난 시간

혼자만의 섬에
간혔다

부끄러움

살아생전 부모님의 말씀
웃는 낯으로
살갑게 들어주지 못한 것

남편 뜻
고분고분 따라주지 못한 것

테베 니오베의 오만이
내 안에 흐르게 한 것

마흔 다 되어
둘째 낳은 여동생
힘들다는 넋두리
따뜻하게 품어주지 못한 것

결혼 전 혼자 살던 남동생
살뜰하게 챙겨주지 못한 것

오늘 왜 이리
내 안의 부끄러운 것들이
주체할 수 없이 삐져나올까요

비상을 꿈꾸며

고래잡이에 따라갈 수 없는
동물 사냥에 데려갈 수 없는
어린 아들을 위해
이 땅의 아버지들이
바위에 새긴
생사를 넘나들며 체득한
험난한 세상살이

어린 자식들을
둥지 밖으로
끌어내기 위해
어느 순간
먹이를 가져다주지 않는
어미 새

수많은 삶의 자락
그 굽이를 넘을 때마다
자식에게 향하는 염원

한 걸음

한 걸음씩

어린 자식들의 비상을 꿈꾸며

무사한 세상살이를 기원하며

만남

어느 날
바람이 불더니
30여 년 시간을 멈추고
얼굴 한번 보기로 했다

몇 겹 더 생긴 눈 밑 주름
더 넉넉해진 몸집
조심스러운 말투
살피는 듯한 눈 맞춤

그 시절
힘들었던 대화의 벽
거슬러 간 시간에 대한
몰랐던 다른 생각

쉴 새 없는 이야기보따리
감출 수 없는 웃음소리
가랑비에 옷이 젖듯
세월의 강둑이 허물어지는 시간
그리 길지 않았다

어설픈 농사꾼

마음만 급한
어설픈 농사꾼
흙도 알아봤나 보다

생전 걸음 하지 않던 밭에
몸에 좋다기에
처음 심은 브로콜리

흙의 심술인지
나오지 않는 싹

처음엔
오지 않는 비를 탓하다
부실한 씨앗 탓으로 돌린다

자신의 어설픔을 감추고 싶어서
다시 도전할 용기를 찾고 싶어서

부모

곤히 자는 딸의 얼굴
표정에서 묻어나는 고단함
난리 칠 모습이 그려지지만
깨워달라는 시간을
일부러 흘려보낸다

머리를 넘겨보고
얼굴도 만져보고
손발도 살펴보는 손길
쉬이 깨지 않는 딸

쉽지 않은
쉬어가며 공부하라는 말
난 어느 광고에서 말하는
학부모인 게 분명하다

미안하구나!

내가 아니길

잔뜩 찡그리며 자는
그의 얼굴

가만히
그의 머리로 비집고 들어가
그려 보다
이마 주름을 편다

다만, 그 상대
내가 아니길

커피가 오던 날

한의원 집 딸이던 친구 집에서
처음 만난 차 한 잔

쌉싸름 달콤한 내음
입안에서 살살 감돌다
얼어버린 미각세포

언제부턴가
반가운 손님처럼
가끔 찾아오더니
어느새
자릴 잡고 눌러앉아
살랑거렸다

잠에서 깨어나면
찾게 만들고
수많은 밤
환한 달빛을 핑계 대며
붙잡아두고 못 자게 했다

친구처럼
습관처럼
중독처럼

푸른 날 흐린 기억

비가 뿌릴 것 같은 흐린 날
정태춘 이문세의 노래가 함께 하는 날
어느샌가
한걸음에 마주한
내 푸른 날 흐린 조각들

정릉 2번 종점의 주점
막걸리에 떠돌던 독설
두려움을 토해내던
회색인들

늘 따라다니던
날 선 이데올로기에 주눅 들고
세계관의 잣대에 아파하다
숲으로 간 아이

방향키도 모른 채
깊은 바다에서 떠돌던,
그래서 시간의 강을 빨리 건너고 싶었던,
정태춘 이문세의 노래가

소박한 위로였던
그 푸른 날들

이렇게 흐린 날이면
아랫녘을 내려다보듯
홀로 캠퍼스 높은 곳을 서성이던
친구를 찾는다

고통

한순간의 어그러짐은
진로를 바꿔야 할 만큼 파장이 컸다.

왜 그런 일이 일어났을까
퍼즐 조각 맞추듯
뒤엉킨 기억들을 맞추다
애꿎은 남 탓을 해본다

그만하길 다행이다
위안 삼을 수밖에
돌아서 가는
다른 길을 찾을 수밖에
전화위복이 되길
간절히 바랄 수밖에

3부

널 만나기 위해

널 만나기 위해

그녀가 있을 땐 왜 몰랐을까
네가 늘 우리와 함께 있길 원했다는 걸
우리 곁을 빙빙 돌고 있었다는 걸

그녀 말고는 모두
널 뾰족하다 했지
곁에 가길 힘들어했어
굳이 함께하지 않아도
잘 견딜 거라 생각했어

그런데 여름을 힘들어하던
그녀가 떠난 후
네가 혼자 할 수 있는 게
많지 않다는 걸 알게 됐어.
그래서 뾰족함으로 무장했다는 것도

세상이 눈부셔 차마 쳐다보지 못하는
너의 가늘게 뜬 눈을 감당할 수 있을까
좁은 어깨에서 서럽게 떨어지는
그녀의 빈자리를 네가 감당할 수 있을까

이번엔
내가 뾰족해져야겠어
널 만나고 되돌아 나올 때
혹시나 다음을 포기할까 봐
그래야겠어
다시 또 널 만나
지친 마음 어루만져 주려면
그래야겠어

기다림

이젠
더 버틸
자신이 없다

뙤약볕 아래서도
사그라질 것만 같은
새벽녘 한기에도
근근이 지켜왔는데

이젠
시간을 거스르고 남을
자신이 없다.

시작부터 품었던
질곡의 눈물들
꽃으로 승화된
소리조차 낼 수 없는
사연들

돈포리 가을 들녘엔
그 기억을 품은
코스모스가 줄지어 있다

토닥이면서

몇 안 되는 탁자가 있는 서커스장
지쳐 보이는 사슴 하나
날카롭고 불안한 눈빛
익숙하고 빠르게 프로그램을 돌린다

건반 위
생각 많은 기교
흐름을 거스르는 할퀴는 소리
급히 사라지는 호기심
무겁게 내려앉은 어둠

제 한 몸 가누지 못하는
죽어가는 사람에게서 나와
누군가에겐 당연한
어미의 젖 냄새
누리지 못하고

산에 맡겨져
정해진 길 가지 않으려
미친 듯 떠돌다

돌아온 길

스스로 택한 덫
안간힘을 써도
어느새 채워지는 등짐의 무게
살 파고들어 진물 나와도
어미 품 만들어주려
기계가 된다

가끔 그 버거움으로
떠날 준비 하는
자신을 토닥이면서

다시 시작되다

한 달에 두어 번
코끝을 스쳤던 휘발유 냄새
글밥과 인쇄 밥이 어우러진
그 시작과 끝

빠져나올 수 없는 특별함으로
가끔 끈끈하게 묶였던
우리 방에 잔치가 벌어졌다

암호화된 숫자
알 수 없는 열차
살아내야 하기에
망설임 없이 올라타면서도
뜨거움 없이 숫자로 쫓아가면서도

그 푸른 날
자극적인 냄새 잊히지 않아
핏속으로 살 속으로
그리움처럼 스며 들어가
우연처럼 젖어 들어가

다시 차오르는 불덩이
뜨거운 열기가 감돌고
심장박동이 빨라지고

남겨진 신발

그녀는 아직 돌아오지 않고 있어요

유난히 말수가 적었던
그해 여름
금방이라도 바스러져
버릴 것 같은
지치고 힘든 몸으로
주저앉아 있을 때가 많았거든요

알 수 없어요
긴 여행 갈 때
왜 나를 찾지 않았는지

뭔가에 쫓기듯
넋이 나간 그녀에게
정신없이 휘둘릴 때도
같은 곳만 닦아내
허물이 벗겨질 때도
그녀 곁이라
견딜 수 있었거든요

아직도
기다리고 있어요
난 그녀의 발에만 맞으니까요
어린 왕자에게 길들여진 장미처럼
그 전설을 기다리는 소행성의 바람처럼

널 보러 갔다면

투명했던 목소리
지금도 또렷한데
해맑았던 눈망울
눈앞에 선한데
힘없던 네 걸음
내 심장을 갉아대는데

너에게 가는 길이
빨랐다면 달라졌을까
남의 결혼식 말고
널 보러 갔다면 달라졌을까
이따 보겠노라
전화 먼저 했다면 달라졌을까

그 순간이었구나

결혼식 도중
불현듯 네 생각이 났는데
그때였을까

물 향기 머금은 그곳
시시가미의 숲이 있어
네 고통이 얇아질 수 있다면
너의 버거움이 잠재워질 수 있다면
다시 내 곁으로 올 수 있다면

사도

잘했다
잘못했다
일관성 없는
아비의 행동
그 아들,
불안하게 했구나

당당하지 못했던 출생
좁쌀만 한 흠에도
여유가 없던 그 아비
아들을 벼랑으로 몰았구나

이익에 눈먼
입들에 휘둘려
이 눈치
저 눈치

끝내
그 아들
내어줬구나

마지막 순간까지
외롭고도 고독했을
그 아들
아리고 휑한 마음
새 살 돋게
바리데기 생명수
부어 주리

* 영화 '사도'를 보고

맴도는 생각

가고 싶은 길은 따로 있는데
묻고 싶은 것도 따로 있는데
내보이기 싫어서
들키기 싫어서
맴도는 생각
안으로 삼켰다

신뢰가 신뢰하지 않게 되고
너를 믿다가 믿지 않게 되고
내가 나를 믿지 않게 되고
엉뚱한 길로 맴돌다
정처 없이 가고 있다

내가 나에게 먹혔다

통증의 변辯

자극을 줘야만 하는 일에 싫증을 느낀 적이 있어 아무런 신호도 보내지 않았지 그랬더니 뒤늦게 찾아온 날 감당하지 못하더군 그는 서럽게 통곡하며 떠나고야 말았지. 뭔가 잘못됐다는 걸 알았어 그를 사랑한다면 그런 식으로 보내면 안 되는 것인데 난 방임하고 있었어 이제는 본연의 일에 충실하려고 해 그의 고통이 보기 힘들어져도 아픔의 정도에 꼭 들어맞는 속삭임으로 아우성으로 노크할 거야

늦은 후회

한 달이 지나도록
소식이 없다

방심한 순간
회복되는데
곱절 이상 든다는 걸
어찌 잊었을까

힘에 부친다는
그 넋두리
'철없다'
한마디로 덮었다

지금쯤 풀렸을까
너 힘들지
가만히 손잡으며
따뜻하게 안아줄걸

건망증

치과에 간다는 그에게
부실한 치아 관리 탓하며
가랑비를 뿌려 댔다

점심엔
매운 짬뽕 2단계에
혀가 얼얼했다는 말
흘려들으며
누룽지와 라면으로
저녁을 때웠다

오늘 무슨 날이냐
애비 생일 아니냐

누군가 무심함을 던졌고
난 건망증으로 응수했다

소나긴 퍼붓지 않아
다행이었다 위안하면서

불편한 기억

어느 날
프루스트의 말이
나를 갉아댔다

기억은 일종의 약국이나
실험실과 유사해서
아무렇게나 내민 손에 진정제가
또 운수 없게도 독약이
잡힌다고 했던 말

오래 전
혼나는 친구를 편들다
날아왔던 지독한 모욕감이 떠올랐고
아버지의 차에서 내린 날
부자인 줄 오해했다
실망한 친구들 그 낯빛이
떠오른 날도 있었지만

오늘은
나 때문에
마음이 아픈
누군가 떠올라
숨 쉬기
쉽지 않구나

힐링 되는 길

차를 놔두고 걸어서
신정호를 돌아오면
두어 시간 남짓

그 길이 길다 싶으면
노인복지관 위에서 출발해
남산 중간쯤에 빠져
충무공 동상으로 내려오면
한 시간 길

걷기 싫은 날
신정호 주차장에 차 대고
호수 한 바퀴 돌면
50분 거리

걷기를 작정한 날
노인복지관 위 궁터에서
천년바위 갓바위를 지나
순천향대까지 걸어와

칼국수 먹고 오는
3시간 코스

밥이 들어가는 시간만큼
새 살 돋게 하는
소중한 시간

알 수 없는 길

그래 가보자
겁나지만 살기 위해 가보자
있는 힘껏 짜내고서도
피까지 흘러야 단단해진다지
감당할 수 있을지
알 수 없지만
일단은 가보자
선택한 그 길이
네 발목을 잡고
심장을 할퀴어댈지도 모르지만
네가 정한 그 길을 가보자
일단 살아보자

경고

조금만, 조금만 더
가지려다가
오히려
큰 한 뭉텅이
내주게 되는 것이
어리석은
삶의 궤적인 것을

한순간에
경고가 날아왔다
깁스한 다리
양팔의 목발로

'다음 생이 내일보다 먼저 올 수 있다'*

* 티벳 속담

연꽃

너를 보면

진흙에서 피어나고
윤회의 전설을 가진
너를 보면

가진 모든 것으로
지친 마음 어루만져 주는
너를 보면

발그레 복사꽃 같은 뺨에
맑은 눈을 가진
그녀 생각이 난다

환한 웃음 머금고
아무 일 없었다는 듯
나의 곁으로 다시 와 줄
그녀 생각이 난다

4부

존재의 기억

청송 연가

사계절 풍경으로 이름난
주왕산과 주산지가 있는 곳
아삭아삭한 얼음골 사과
추워도 얼지 않는다는 달기 약수
그리고 무엇보다 공해 없는
청정지역으로 이름난 곳

문학기행을 가기 전부터
관광버스로 가는 내내
옆자리에 함께 탄
부모님의 푸른 청춘

큰아들과 큰딸이어서
가진 것 다 내주고
뒤늦게 일가를 일구면서도
미안해하고 걱정으로 살폈던
그 순수했던 마음

굽이굽이 휘돌아 내려가서
산을 끼고 들어앉은 곳

기계도 대신해 줄 수 없고
사람 손으로만 일궈야 했을
대부분이 밭작물인 그 어디쯤
부모님의 고된 신혼생활이
따라다니며 아른거렸다

서로를 아끼는 마음 하나로
어찌 이곳까지 오게 됐을까
사랑 하나만으로
견딜 만했을까

걱정이라곤 없을 것 같은
한없이 풍요로운 저편에
시리도록 팍팍했을
삶이 떠올라
욕망을 죽이고 살아야 했던
푸르렀던 날이 떠올라

되돌아 나오는 길
숨 가쁘고 먹먹하다

이별후애離別後愛

벌써 1년
당신 없는 세월
그렇게 흘렀네요.

병원 중환자실에서
벽제에서
서대산에서
가슴 한편
움푹 파인 아픔으로
남은 후

월랑 가는 길
차창 너머
초점 없는 눈길
젖은 눈시울로
묻어납니다.

유품 속 복사된 신분증
흑백으로 그려진
낯선 얼굴

벌써 낯설게
다가오는 글자들

눈에 밟혀
차마 버리지 못하고
가져와 가슴 휑할 때
마주합니다.

사진 한 장

내가 없고
낯선 이가 들어 있다

부쩍 얇아진 얼굴
두꺼워진 몸집 탓을 해 보다
끝내는 감 떨어진
눈치 없는 사진사가
입방아에 올랐다

지나간 세월은
실감이 안 나고
마음의 시간은
겁 없는 이팔청춘까진 아니어도
훨씬 젊은 시절에 익숙해 있는데
돌아보면
세월은 시간을 뛰어넘어 있다

사진 속 나 하얗다
아 누군가 일렁이다 사라진다

손에 닿을 듯 닿을 듯

그 시절 그 사람

샘터 사랑방

먹이고 씻기고 숨 살리는
그 모든 것의 시작
그래서 이른 아침
잠 붙은 눈 비비며
물동이 들고 향하던 곳

간밤에 있었던
갖가지 마을 소식
앞서거니 뒤서거니
귓속말로 전해지고
가끔 윗집 아랫집
입씨름 몸 씨름 벌어지던 곳

하나둘 집 마당에
펌프가 놓이면서
시나브로 사라진
인왕산 아랫동네
우리 집 앞 샘터

명절

엄마 계실 적 명절은
빨간 숫자만이 아니다
명절 이 주일 전부터
언제 오는지
서로 시간 맞추느라
전화에 불이 난다

명절 당일엔
시집에서 빨리 돌아와
엄마에게 달려가고 싶어
출발 한참 전부터
안달이 나곤 했다

엄마 돌아가시고
명절 친정 나들이는
끈 떨어진 연처럼
씁쓸해졌다

나에게 명절이 없어졌다

내 안의 아버지

애정이가?
네 아빠
정서방은 잘 있고?
네 잘 있어요
아이들은 잘 있나 몇 학년이지?
고3, 고1이에요
허허 벌써

몇 해 전 겨울
새벽 빙판길 교통사고
뇌수술 이후
소소한 기억들을
도난당한 아버지
올망졸망한 손주들의
해마다 달라지는 나이
기억을 더듬다가 포기한다

애정아 행복해라
정서방하고 대화 많이 하고

스트레스받지 말고
남에게 주지도 말고

아빠도 술 많이 잡숫지 마세요

이런 낙도 있어야지
내가 알아서 적당히 먹는다

약주 한잔하실 때마다
오 남매에게 전화하시는 아버지

오늘같이 비바람 매서운 밤
술 한잔 생각나는 날이면
내 안에서
아버지가 튀어나온다

진달래와 어머니

그 옛날 아랫마을 농가
구들장 지피느라
허기진 이 배고픔 가셔줄
화전으로 뜯기느라
키 클 새도
고운 자태 품을 수도
없었던 몽땅 진달래

멀리 사할린으로
강제 동원된 아비 대신
팍팍한 삶
호구지책으로
재가한 어미 대신
아래 두 동생
부모 노릇 해야 했던
고단했던 어머니

봄날
고운 자태 간직한

연분홍 진달래
눈앞에서 아른거리는데

아련한 추억 속에서만
점점 줄어드는
꿈속에서만 마주하는
보고 싶은 내 어머니

회상

인왕산 아래 동네
산1-100번지

하루해가 짧았던
작고 삐쩍 말랐던 왕갈비

놀이동산이었던 아래 공터
공기놀이, 비석 치기로 시작해서
어둑어둑해질 때
오징어 다방구로 막을 내리는
그날그날 기분에 따라
달라지는 놀이

오랜 세월
놀고 싶다는 생각이
들지 않을 정도로
신났던 시간들

함께 찍은 사진이 없어서
내 머리로만

기억될 그 시절

입안에서 불러본다
땅꼬마 경희야
홍숙 언니 경숙 언니야

제사를 준비하며

제사를 준비할 때면
그녀 생각이 난다

찾아올 친척이 별로 없던 탓에
어린 다섯 아이는
좋아하지 않았던 탓에
국은 그녀 차지였다

생선을 구우면
다섯 입으로 들어가기는 해도
그녀 입에 들어가는 일은
많지 않았다

맛있게 잘 무른 무
쫄깃쫄깃 씹히는 양지머릿살
그윽하게 어우러지는 국물 맛
그녀가 느꼈을 맛을 떠올리며
한 그릇 맛있게 비운다

유년의 사진

옆가리마에 비스듬히 묶인 단발머리
가슴 위의 손수건과 이름표
얼망 똘망한 눈망울

그 너머로 보이는
얼굴 하나
어머니

사진사의 손을 빌려
때마다 남기기란 쉽지 않았을
내 입학식, 소풍, 운동회, 졸업식 사진들

고맙게도 아주 가끔
동생을 업고 등장하는 어머니

보물 같은 그 시절
그리움으로 더듬어보는 모습들

아버지

몇 해 전 사별한 부인의 속을
수천 번 쓸어내리게 하고
처자식보다 부모 형제를 더 챙겨서
그 답답함으로 힘들게 한 사람

일제강점기 한국전쟁
힘들었던 시절을
기억하며 얘기하고
남동생의 죽음을
안타까워 한 사람

'절대 스트레스받지 말고 살아라'
늘 이야기하고
등산이나 운동하는 모습을
한 번도 보여준 적 없는 아버지
듣기 싫은 소리가 들릴 땐
MP3 이어폰을 귀에 꽂고
볼륨을 크게 틀어버린다는 사람

호랑이처럼 무서웠으나
요양원에 계셨을 땐
한없이 작아져서
아이 같았던 사람

보고 싶은 아버지
사랑합니다

아버지의 라면

성긴 옷감 틈새로
매서운 바람이 들어오던 날
종로의 한 사무실에선
누런 양은 냄비에
라면이 끓고 있었다

특별한 것도 없는
달걀 하나가 들어갔을 뿐인데
어린 남매에게는
제일 맛있는 라면이었다

그 맛을 찾아내려
흐르는 세월만큼
수없이 침샘을 자극했지만
그 맛을 만들어낼 수 없었다

재료가 더 좋지는 않았을 텐데
입맛이 더 고급스러워졌나
찬바람 맞고 걸어왔을 남매

아버지의 안쓰러운 마음이
담기지 않아서일까

사부곡思父曲

앞집 순남 아버지가 돌아온다 했다
순사질했다는 두식이네는 야반도주했다
언제쯤 돌아올 수 있을까
눈 빠지게 기다려 봐도
'검은 강으로 들어가는 바위'에 갇힌
그녀의 아버지는 돌아오지 않았다

'아비 없는 후레자식 소린 듣지 말아야 해'
혼란한 수레바퀴에 치여
엎어지고 일어서곤 할 때마다
가슴 속 깊은 시렁에 올려둔
아버지의 사진을 본다

깊고 어두운
코르샤코프 항에서
한없이 아랫녘을 바라보던 그 아버지
어느 날
불혹이 넘은 딸에게
한 줌 유골로 돌아왔다

술과의 만남

일 킬로미터 떨어진 상회
바닥에 파묻힌 독 안의 술
가져간 주전자로 옮겨진다
주둥이에 살짝 입을 대보면
시원 시큼 달짝지근한 맛
집으로 오는 동안
표나게 줄어드는 술
즐거워지는 심부름

부엌 한쪽 커다란 항아리
한동안 밀봉되어 있던
뚜껑 열리던 날
체에 걸러진 포도송이에선
시큼 달콤함이 배어났다.
점점 줄어드는 알맹이만큼
더해지는 어지러움
그 몽롱함에 툭
부엌 앞 도랑으로 떨어졌다

자랑스러운 손

사람 손이 이럴 수 있을까
마디마디 튀어나오고 휘어지고
가난을 이겨낸
굴곡진 인생 닮은
어머니의 손

고만고만한 다섯 아이
시어머니 시누이 시동생
열 식구 입에 들어갈
끼니 떨어질세라
쉴 틈 없었던 어머니

빼빼 마른 명태
채로 만드느라
성할 새 없이
가꿀 새 없이
거칠었던 어머니의 손

집 앞마당 닭장
오십여 마리 닭

닭비린내 자욱했던
어머니의 손

그 고운 청춘을 딛고
그 불쌍한 삶을 딛고
내가 있다

기억

이른 새벽 한기를 녹이며
갓 지은 도시락
배곯지 말고 공부하라는
하루하루 무사하라는
마음이 엿보인다

도시락 내놓기 부끄러울까
자식이 원하는 메뉴
앞서거니 뒤서거니
번갈아 담긴다

세월이 편해져
도시락 싸간 일이 별로 없는
내 자식에겐
어떤 밥상이 기억될까

내 지나간 시절의 조각
훗날 꺼내놓을 자식의 기억
얼마나 다를까

5부

또 다른 흔적

아산牙山

뒤돌아보지 말라는 금기 어겨
아기 업은 바위 되고
백제의 아술현에서
아산牙山의 이름 된 곳

사백삼십여 년 전
침범한 왜적 막아내고
이 땅의 백성 지켜내려다
하늘의 별이 된
이순신의 혼이 숨 쉬는 곳

청백리 맹사성
신의 손 장영실
시대를 움직인 김옥균
그 넋이 있는 곳

사시사철
시민의 휴식처인 신정호수
농민들의 젖줄 아산만

질병에 효험있어
조선 시대 임금님
어실 짓고 유숙했던 곳

새신랑 새색시
기차 타고 신혼여행
백년가약 속삭이던 곳

백제시대 온정
고려시대 온수
조선시대 온양
온천의 역사가 살아
오래오래 빛으로 남을 땅

보령 충청수영성에서

눈 부신 햇살 가득한 서해
그 푸르름을 품어 안은
오천항을 굽어보던 곳

이량의 청으로 지어진 후
빼어난 절경으로 이름나서
수많은 묵객이 즐겨 찾고
그 아름다운 풍광을 논했다는
영보정이 있는 곳

가까이 살던 외적이
뺏어가려 넘겨다보고
약탈을 일삼을 때마다
푸른 눈 부릅뜨고
끝까지 사수하던 곳

돌 하나
바람 한 자락
일렁이는 물결마다
이 땅에서

고기 잡고 씨 뿌려 일구던
욕심 없는 삶이 넘실대던 곳
그 소박한 행복이
꿈꾸어지던 곳

울돌목에서

그는
무서움이 없는 줄 알았다
두려움도 없는 줄 알았다

나라 빼앗길까 두려웠고
군주를 잃을까 잠들지 못했고
백성이 짓밟힐까 살얼음 걷듯 했다

울돌목을 허락하면 서해가 뚫리고
서해를 내주면 한양이 코앞이다

나라를 위해
군주를 위해
백성을 위해
꼭 지켜내야만 했던
신화와 같았던 전투

그날 이후
울돌목은
울돌목의 시간은

울돌목의 달빛과
소용돌이치는 물소리는
그의 것이었다

호국의 별, 노량에 잠들다

시간을 거슬러 간
관음포 앞바다
나라의 근심 해결한 뒤
도연명 귀거래사 읊고 싶다던
그가 누워있다

군사들을 살리기 위해
나라와 백성들을 지키기 위해
꼭 이겨야만 했던
불패 신화의 그가 누워있다

우리 대대손손 내려온 금수강산에
더 이상의 짓밟힘을 용납하지 않으려
그 숨이 다 할 때까지
나라 걱정하던
그가 누워있다

노량의 시간 이후
그의 넋은 하늘에 닿아

민족의 위기 때마다 우러르게 되는
찬란한 호국의 별이 되었다

아산 백의종군 길을 걸으며

목숨을 담보하는 전장에서도
온갖 권모술수가 난무하는 정치판에서도
늘 당당했다

나보다는 함께 가는 길
가족의 안위보다는 나라 위한 길
사심 없이 가고자 했기에
늘 당당했다

그런 그가 운다
나라에 충성을 다하려다 죄인 되었고
부모에게 효를 다하려 하나 어머니를 잃은
그가 운다

어머니 장례도 모시지 못하고
초계 도원수부로 가는 길

여기 아산 백의종군 길에서
찢어지는 가슴 부여안고

통곡한다
어머니!

우크라이나에 떨어진 포탄

키예프에
포탄이 떨어지던 날

알 수 없는 미래를 가진 어린아이
깊은 불안과 두려움 뿜어내던
자식을 품에 안은 부모의 눈
한순간에 사라진 희망

우주 탐사 로켓 발사
팔십 년이 다 되어가고
사물인터넷, AI 시대로 대표되는
4차산업혁명이 가속화되는 이때

여전히
더 가지려 하고
더 위로만 올라서려 하는 욕망
왜 꺾이고 퇴화되지 않는지

평화를 걷어가고
피를 부르는 망상

인간이 이룩한 모든 것
리셋시키려 한다

그럼에도 다시 꿈

70년 전
겁 없던 한 발의 포
울타리를 사이에 두고
둘이 된 민족

그 날벼락 같은
생이별의 아픔
가슴 한편
피멍 든 옹이
소주잔으로 다독이고

꿈결에
밟아 볼까
바람결에
만나볼까
기대해 보지만

어깃장 놓는
황당하고 괘씸한 일
여지없이 바람 꺾는

두려운 일
수상하게 막아선다

우리 하나였던
달콤한 날 기억하고 있잖아
다시
하나 될 날
꿈꾸고 싶잖아

* 6.25 70주년

곡교천

국사봉에서 흘러
한천 봉강천도 되고
미륵천도 되는
고분다리 곡교천

이백리 흘러
두물머리 무한천과 얽혀져서
삽교천으로
아산만으로 흐르네

하늘의 뜻 거스르지 않고
궂은일 좋은 일
고스란히 품어 안은
아산의 숨결
곡교천

<해설>

작은 존재의 커다란 발자국 '상처'

- 손애정의 구름의 논리『구름을 토닥이는 시간』

김선주(문학평론가)

〈해설〉

작은 존재의 커다란 발자국 '상처'

- 손애정의 구름의 논리『구름을 토닥이는 시간』

김선주(문학평론가)

1. 구름 기호

『구름을 토닥이는 시간』은 희망과 절망의 교차로 치유의 시간을 넓혀가는 영혼의 체스보드다. 무한대로 펼쳐지는 격자 기호 속 인생의 자취를 따라 거닐다 보면 숙연한 성찰의 기도와 마주친다. 시인의 바쁜 손놀림이 절망의 기물들을 하나하나 쓰러뜨릴 때마다 보드 위의 드넓은 사막은 푸른 초원으로 재구성된다.

이러한 치유의 과정은 공동空洞의 이미지로 교집합을 형성하며 '해=달=구름'의 도식을 생성한다. 먼저 '구름'은, '덧없음'의 기의를 지닌다. 늘 해체의 가능성을 담은 구름은 독자에게 생이 얼마나 무상한지 알린다. 화자는 때때로 인고의 시간으로 구름이 흩어지길 기다리기도, 꿋꿋하게 앞으로 나아가 구름을 능동적으로 흐트러뜨리기도 한다. 또, '구름'은 '가변성'의 '기표'로 작동한다. 구름의 변형 가능성은 또 다른 기표를 무수하게 재생산한다.

구름은 창조 내지 재창조의 시원이며 손애정 시 세계에서의 미의식이자 시적 로직(logic)이다.

구름은 달과 해를 통해 절망과 희망의 양 측 관념을 동시에 아우른다. 달은 '덧없음'의 '기표'로, 해는 '가변성'의 '기의'로 시어를 운행한다. 그래서 달은 늘 명사로써 텍스트에 호명된다. 시인은 달이란 낱말을 직접 배치하여 주변부에 절망(=구름)의 기표를 불러온다. 반면에 해는 여러 동사적·형용사적 이미지 현상으로 표현된다. 해는 철저히 텍스트 너머에, 달은 텍스트 전면에 원형(圓形)을 배치하고 있다. 해는 '현상'을, 달은 '존재'를 표방한다.

시간의 기억으로 찾아온 따스한 햇볕
질투에 눈먼 바람에게 밀려나고
다시 겨울이 비집고 들어왔을 때
애써 외면하려 했던
예정된 주검과 맞닥트렸다

순백색 고고함으로 무장된 유전자
험한 일은 겪어 보지 않았을
힘에 부치면 견디지 못할 족속인
네가 간밤 비바람에 떠난 이유였다

-「처절하게」 부분

햇빛이 "질투에 눈먼 바람에게 밀려나고/다시 겨울이 비집고 들어왔을 때", 즉 봄 내지 따뜻한 어느 계절이란 시기와 추운 겨울이 얽혀, '중첩 시공간성'을 낳는다. 얼핏 보면 1연과 2연은 화자의 시선 이동이 따로따로 나타난 것 같이 느껴질 수 있으나 두

계절은 하나로 묶인다. 각 연의 1행을 잘 헤아리면 "따스한 햇볕"이란 바로 '아지랑이'를, "순백색 고고함으로 무장된 유전자"란 '눈송이'를 관념으로써 지닌다는 사실을 발견하기 때문이다. 아지랑이와 눈송이는 서로의 관념 영역을 내포하고 아우르며 '초월적 시간성'을 형성한다.

화자가 햇빛을 통해 인식한 "예정된 주검"이란 바로 '눈송이'다. 즉"순백색 고고함으로 무장된 유전자"는 햇빛이 획득한 육체성을 가리킨다. 자유로이 창공을 유랑하며 생을 향락하던 아지랑이가 눈송이로 태어나 여리고 작은 육체로 하룻밤을 겨우 살아낸다. 아지랑이는 생명의 영혼으로, 눈송이는 구름 같은 육체로 물질의 가변성을 떠올리게 한다. 거센 "비바람"에 비해 한없이 작은 눈송이의 생애는, 풍파와 재난 앞에 서 있는 너무나 연약한 인간의 존재성을 환기한다.

이처럼 시인은 세상살이의 어려움을 토닥이고 어루만져 아름다운 형상을 빚는다. 눈송이 혹은 햇빛의 아름다움과 인생의 페이소스가 시적 화학작용을 일으켜 절망을 절망으로만 보지 않게 한다. 눈송이는 독자의 시선을 고통보다 굳센 생의지로 돌리게 한다. 햇빛이 눈송이로 명멸하는 시간은 인생에 대한 짙은 비의와 함께 생이 얼마나 아름다운 풍경인지 일깨운 것이다. 다시 말해 진정한 아름다움의 척도는 화려한 무늬와 형식보다도 그 아름다움을 욕망하는 몸짓에 있다. 삶이 얼마나 가치 있고 귀중한지 성찰의 깊이를 더 할 때 아름다움은 도래한다.

두툼한 코트로 매달려 있고
홑겹 바람막이로 마주하고 있는
삼월 초

누군가는 백열등으로
누군가는 형광등으로
노래하는 달의 바다

춥지 않다며
한 겹 덜 입은 딸과
함께 걷는 길

끝 추위를 녹여주는
고단한 날갯짓을 토닥여주는
따뜻한 눈빛이 얹어지는
이른 봄밤

-「봄밤」 전문

'달'은 1부와 2부의 첫 장을 구성함으로써 독특한 패턴을 보이는 이미지다. 비의도적 텍스트 비평의 관점으로 보면 '달'은 일종의 판옵티콘(panopticon)이다. 달은 높은 자리에서 늘 제자리를 지키며 세상과 인생 및 만물을 두루두루 헤아린다. 그 달을 아무리 바라보아도 우리는 감시자의 정체를 결코 알아챌 수 없다. 다만 상처 자국같이 떠 있는 둥근 흔적으로부터 뜻 모를 그리움을 느낄 뿐이다. 초월적 타자로서의 '달'과 '나'의 사이, 아득한 거리감이 만드는 존재론적 고독이 우리를 잃어버린 고향에 대한 향수에 취하게 만든다. 이 시에서 화자가 말하는 "누군가"란 불특정한 '다수'는 그리움에 이끌려 달의 눈동자를 향해 등대지기를 자처한다. 판옵티콘의 시선은 이제 그들의 가슴 속에서 작동한다. 달이 쳐다보지 않아도 늘 달의 시선을 의식하느라 끝없는 존재론적 향수를 앓는다.

이러한 수직적 마주보기의 시선이 수평적 구조로 전환하고 있다. 마주보기는 '달'과 '나'에서 지상의 '나'와 '너' 혹은 '우리'에게로 시선 이동을 벌인다. 이제 초월적 타자를 향한 '신화적 그리움'이 아닌 지상의 '누군가'를 향한 '원초적 그리움'이 펼쳐진다. 달의 판옵티콘은 나와 너의 화음이 만드는 '관계의 판옵티콘'으로 의미 전환을 이룬다. 건널 수 없는 "달의 바다", "누군가는 백열등으로/누군가는 형광등으로/노래하는 달의 바다"에서 화자는 일생의 동반자인 딸과 함께 덜 깬 봄밤의 추위 속을 통과하고 있다. 화자는 아무도 서로를 알아줄 리 없는 덧없는 관계 지평에서 혈육을 통해 생의 가치를 발굴한다.

달은 관계성의 난해함을 상징한다. 동시에 달의 원형은 텅 빈 구멍을 통한 상처의 기호다. 존재는 늘 자기 내부에 자리매김한 텅 빈 구멍과 마주하며 타자를 욕망한다. 일상에 작동하는 인정욕구(헤겔) 또한 자기 내부의 텅 빈 구멍의 위치를 찾는 여정이다. 그런데 손애정의 타자를 향한 욕망은 정체성 만들기의 상징계적 질서(라캉)로 진입하는 것과 본질적으로 다르다. 이는 자기 정체성 확립을 위해 타인을 사물로 만들어 버리는 지옥(사르트르)이 아닌 타자와 타자의 교감을 가리킨다. 존재의 텅 빈 구멍을 채우는 게 아닌 그 텅 빈 장소를 서로에게 입사, 투영하고 있다. 즉 손애정 시 세계에서의 관계성이란 '상처와 상처의 감응'이다.

2. 상처 모종

'구름'은 손애정의 시 세계에서 수많은 이미지의 원형原型이다.

늘 화자를 따라다니는 구름의 관념은 계속 삶의 그늘을 환기하여 불완전한 기표를 증식한다. 시 세계 전체에 상처 입은 존재자를 모아 '영원히 아물지 않는 형이상학적 환부의 지평'을 상정한다. 시인은 거대한 환부로 모인 낱낱의 상처 자국, 텅 빈 자리를 달고 사는 사물을 하나하나 소개하고 있다. 그는 상처의 모종을 현실로 옮겨와 "커다랗게 파인 흔적"(〈치명적인 흔적〉)의 컬렉션을 이룬다.

여기에서 화자는 봉인 해제 된 "판도라 상자 속"(〈희망〉)과 같은 정신의 소유자다. 그의 발 디딘 자리 자리마다 헤아려지지 않는 재난과 상처의 기호가 사방으로 범람한다. 그런데도 그는 여전히 꿋꿋하게 '희망하기'의 몸짓을 지켜낸다. 어쩌면 희망이란 판도라 항아리에 관한 신화처럼 운 좋게 인간의 소유로 남겨진 고작 추상적인 비전일지 모른다. 상처의 기표들은 내면세계로 떠도는 희망의 성찰과 현실에 대한 시적 리얼리즘을 북돋는다. 상처란 정신과 현실을 잇는 거울인 것이다.

산 오르막에
이파리가 제법 있는
연한 때죽나무

커다랗게 파인 흔적
기이한 생존
그 고통
어떻게 견뎠을까

꿈틀대던 하늘소 애벌레가

하나둘 줄어드는
시원함이었을까
굴착기 같은 딱따구리에게
제 살 내어주는
어미의 마음이었을까

-「치명적인 흔적」 전문

때죽나무는 커다랗게 구멍이 뚫렸는데도 꿋꿋하게 서 있다. 앓는 이 같지 않게 제법 무성한 이파리가 신비하다. 온갖 벌레와 짐승의 습격에도 웅크리는 법 없이 생의 기개를 편다. 살을 쪼이는 고통과 수시로 드나드는 무수한 무단침입자에도 묵묵히 제자리를 지킨다. 나무는 마치 수억 년 성실한 출근 루트를 돌고 돌아 지구를 지킨 달과 같이 온 생애를 걸고 제자리에 서 있다. 대체 이러한 인내와 생의 욕망은 어디에서 오는 것일까? 화자에게는 어쩌면 그 "기이한 생존"이 참으로 자랑스러웠을지 모른다. 그는 나무에서 깊은 겸허와 이타적 처세술을 발견하기 때문이다.

"어미의 마음"은 인간의 숙명에 대한 깊은 책임 의식이라고 할 수 있다. 어머니는 자식을 진정으로 아끼고 보살핀다. 모성은 인간성에 앞서 있다. 이는 실존이 본질에 앞선다(사르트르)는 말과 같이 본성을 넘어 아가페의 사랑을 구현한다. 모성은 바로 '어머니'란 존재의 실존이다. 화자는 나무의 "제 살 내어주는/어미의" 정신을 통해 자기 자아를 비춰보는 듯하다. 시어 마디마디 행간마다 발화 주체로서의 어머니 사랑이 풍겨온다. 나무의 타자에 대한 숭고한 희생 의식이, 화자로부터 '어머니'의 존재성을 돌아볼 소소한 계기를 마련한 것이다.

"시원함"의 감각은 진실한 겸허함을 드러낸다. 불청객이 여전히 제멋대로 자기 영역을 침범하는데도 나무는 "하나둘 줄어드는 시원함", 나날이 더 좋아지고 있다는 소박한 행복 조건을 지향한다. '바람과 함께 사라지다'의 엔딩을 장식한, 이른바 "내일은 내일의 해가 뜬다."는 유명한 대사가 떠오른다. 이처럼 화자를 평생 따라오는 환부의 기표는 삶에 대한 무한한 신뢰와 긍정으로 본래적 의미를 상실한다. 오히려 슬픔이나 원망보다도 생에 대한 강렬한 의지와 날 선 자아 성찰이 화자를 고무한다.

그녀는 아직 돌아오지 않고 있어요

유난히 말수가 적었던
그해 여름
금방이라도 바스러져
버릴 것 같은
지치고 힘든 몸으로
주저앉아 있을 때가 많았거든요

알 수 없어요
긴 여행 갈 때
왜 나를 찾지 않았는지

뭔가에 쫓기듯
넋이 나간 그녀에게
정신없이 휘둘릴 때도
같은 곳만 닦아내

허물이 벗겨질 때도
그녀 곁이라
견딜 수 있었거든요

아직도
기다리고 있어요
난 그녀의 발에만 맞으니까요
어린 왕자에게 길들여진 장미처럼
그 전설을 기다리는 소행성의 바람처럼

-「남겨진 신발」 전문

이 시에서 화자는 쓸쓸하게 버려진 신발 한 켤레로 그려진다. 여기에서도 텅 빈 구멍은 신발을 상처의 기표로 작동하게 만든다. 아무도 찾지 않는 신발이란 생의 의미를 잃은 존재다. 발과의 연결을 잃은 구멍은 발을 향한 그리움을 부추기며 자아의 텅 빈 자리를 환기한다. 화자는 더 이상 바깥세상을 누릴 수 없게 되었다. 화자의 텅 빈 자리는 오직 “그녀의 발에만 맞으니” 말이다. 화자는 그녀의 걸음걸이, 그녀만의 사이즈, 그녀만의 굴곡과 너비, 그녀 존재의 온갖 디테일에만 길들었다. 그녀 한 사람을 위해 살아왔기에 “정신없이 휘둘릴 때도//허물이 벗겨질 때도” ‘함께’라는 사실로 견딘 것이다.

화자에게 그녀의 부재는 존재론적 갈등으로 확장한다. 이 시의 페이소스(pathos)는 상처로서의 공동空洞보다 상처와 상처의 연결 실패성에 있다. 화자는 “금방이라도 바스러져/버릴 것 같은” 그녀의 지친 모습이 ‘왜’인지 도무지 알 수 없다. “왜 나를 찾지 않았냐”는 화자의, 짙은 비애를 담은 호소는 결국 그녀의 ‘상처'에 대한 몰이해가 불러온 자괴감이다. '왜 나를 찾지 않았나'는 '왜 나를 떠났나'이며 따라서 '너의 상처는 무엇인가'하는 문제 제기를 낳기 때문이다.

시인은 화자와 그녀의 관계성을 통해 '상처와 상처의 감응' 혹은 '상처와 상처의 연결 실패성'을 발화한다. '관계의 아름다움'은 신발과 발의 관계 마냥 서로의 공동空洞에 알맞도록 스스로 존재 규격을 기꺼이 깎아낼 때 나타난다. 사람들은 조금만 상처받아도 서로에게서 도망치기 일쑤다. 진심 어린 애정으로 서로에게 길들어가는 '우리'의 풍경은 찾아보기 어려운 시대다. 길듦은 서로가 서로의 약점을 찾는 게 아닌 상처와 상처가 호환하는 시간이다.

3. 공생의 절취선

결국 상처와 상처의 감응 및 호환은 그 상처를 '다시 도려내기'이다. 채 아물지 못한 상처가 타자와의 접점에서 변형의 고통을 견뎌낸다. 화자는 타인과 사물의 아픔을 리얼하게 감응하며 '다시 도려내기'에 기꺼이 응전한다. 이는 오늘날 팽배한 시니시즘(cynicism)의 현실과 반대의 방향성을 지닌다. 그가 우리 사회의 시니시즘을 향해 던지는 저항 의식은 겸허와 고요함의 바탕을 보인다. 그의 시어들은 세태를 비판하는 데 쓰이지 않는다. 시구 하나하나는 그저 상처의 드러내기와 상처 다루기의 방법론을 구성할 뿐이다.

그래서 독자는 그의 시 세계에서 상처의 공동체를 발견할 수 있다. 여기에는 우리 시대가 말하는 '경계선'과 다른 기묘한 경계

궂기가 나타난다. 화자는 구별 짓기나 외부의 내부화 등으로 자기 확장에 치중한 공동체가 아닌 공생의 감수성을 발화한다. 나와 너는 언제든지 '분리' 가능한 관계이며, 공동체란 늘 '분열'의 미래를 유예하고 있다. 그러나 분리와 분열은 서로를 파괴하지도, 집단을 무너뜨리지도 않으며, 구성원은 그저 각자의 방향성을 무한정 받아들인다. 이는 또 다른 구름의 논리이다. 흩어짐이나 변형이 고통 내지 파괴가 아닌 '공생'의 존재 근거를 이루는 것이다.

고래잡이에 따라갈 수 없는
동물 사냥에 데려갈 수 없는
어린 아들을 위해
이 땅의 아버지들이
바위에 새긴
생사를 넘나들며 체득한
험난한 세상살이

어린 자식들을
둥지 밖으로
끌어내기 위해
어느 순간
먹이를 가져다주지 않는
어미 새

수많은 삶의 자락
그 굽이를 넘을 때마다

자식에게 향하는 염원

한 걸음
한 걸음씩
어린 자식들의 비상을 꿈꾸며
무사한 세상살이를 기원하며

-「비상을 꿈꾸며」 전문

가족 모티프는 인류 혹은 인간 개인의 공생 양상을 사실적으로 생생하게 그려낼 수 있는 좋은 소재다. 시인의 시선도 이를 날카롭게 포착하고 있다. 이 시에 나타난 '배턴 터치(baton touch)'의 행간 이미지가 이를 잘 드러낸다. 세상의 아버지와 어머니는 오직 "어린 자식들의 비상"에 대한 염원으로 삶을 지탱한다. 그 아버지와 어머니도 어렸을 때는 제 부모의 어깨에 올라 비상을 이루었다. 이처럼 도약의 몸짓은 대를 이어 후손에게 이어진다.

한 세대, 한 세대가 나아간 자리에서 문명은 발전을 거듭한다. '존재의 배턴 터치'가 인류 문명의 숭고한 신화이자 숨겨진 가치를 일깨운다. 마치 역사 너머로의 마라톤과 같이 지구상의 모든 종種이 이를 통해 개체를 보존한다. 모든 종種이 이러한 배턴 터치의 사명을 유전자에 새긴다. 실로 놀라운 생명의 신비인 것이다. 문명을 만든 것은 바로 가족이다. 더 나아가 문명이 지속할 수 있었고 개체의 보존이 가능했던 것은 바로 사랑이다. 자아가 또 다른 자아를 대가 없이 사랑할 줄 아는 감정과 이지가 지구의 풍요를 불러왔다. 아득한 인류의 조상이 목숨을 담보로 얻어내 "바위에 새긴" 소중한 "세상살이"의 지혜가 현재 "수많은 삶의 자락"을 생성해 냈다.

무한 경쟁 사회에서 어느 때보다 타자를 향한 진실한 배려와 사랑이 필요하다. 손애정은 자아가 가족으로, 세상으로 퍼져가는 진실한 치유의 관계 미의식을 보여주고 있다. 그는 불행을 불가항력이란 고정관념으로부터 해방시켜 전복과 변환이 가능한 '구름'의 서사로 전유한다. 해와 달의 영원성은 불완전한 구름의 육체로 전환되어 현실과의 치열한 접전을 가능하게 돕는다. 이러한 이미지 사용은 본질을 예리하게 꿰뚫는 시인의 통찰력을 돋보이게 한다. 모든 상처가 구름의 언어로 환원됨으로써 우리는 삶을 마주 볼 진정한 용기와 희망을 품는다. 시인의 창조적 긍정의 시 정신에 깊이 감동하여 상처로 남은 '작은 존재의 커다란 발자국', 존재의 기억 바깥으로 이제 막 뛰어나왔다.

구름을 토닥이는 시간

손애정 시집

구름을 토닥이는 시간

손애정 시집